AF617559

Fotografías

SUSANA GARCÍA NÁJERA

FUNDACIÓN MAX AUB

XXXVIII
PREMIO INTERNACIONAL DE CUENTOS
«MAX AUB»
2024

JURADO DEL
XXXVIII PREMIO INTERNACIONAL DE CUENTOS MAX AUB:
Care Santos
Ignacio Martínez de Pisón
Daniel Monedero

Fundación Max Aub
Calle San Antonio, 11
Apartado de Correos 111
12400 Segorbe
C/e.: fundacion@maxaub.org
Sitio web: http.//www.maxaub.org

Diseño de portada, Samuel Ferrer Alba.
Depósito Legal: CS 376-2024
I.S.B.N.: 978-84-125550-8-0
Imprime: Gráficas Samuel, S.L.

Esta edición ha sido posible gracias a una ayuda de la
Concejalía de Cultura del Ayuntamiento de Segorbe.

PRÓLOGO

Lo que Tolstói escribió acerca de las familias felices, que, según él, se parecen unas a otras mientras las familias infelices lo son cada una a su manera, es una afirmación que no hay que tomar al pie de la letra. Primero, porque ninguna familia es esencialmente feliz o infeliz. Y segundo, porque si encontráramos un par de familias indiscutible y perpetuamente felices, no tardaríamos en detectar las diferencias, como les ocurre con sus hijos a los padres de gemelos idénticos. En la historia de la familia de *Fotografías* están presentes la felicidad y la infelicidad, pero lo que acaba organizando la memoria común son las muertes de algunos de sus miembros, un detalle que tal vez dé alguna pista sobre cuál de los dos polos ejerce una atracción mayor.

La muerte de la madre de la narradora es el detonante que desencadena sus recuerdos personales. A partir de ahí, la memoria y el sentimiento se trenzan a la manera sutil y nada pomposa del gran Chéjov, que nos enseñó a contar las historias como susurrándolas, como si habláramos al oído del lector. ¿Qué mejor ecosistema para la memoria y el sentimiento que la literatura, ese mundo de palabras en el que los recuerdos y las emociones viven, crecen y se reproducen mientras tratan de aplazar la muerte?

Susana García Nájera nos ofrece, comprimida, la historia de una mujer que hace décadas dejó el campo para instalarse en la ciudad. No hace falta decir que la felicidad la imaginamos siempre más cerca de la naturaleza que de la urbe, y más cerca también del pasado que del presente. Es lo que se percibe en este excelente relato, *Fotografías*, que, tenga o no una base autobiográfica y real, nos cautiva porque rezuma verdad literaria, que es la que a los lectores nos importa.

Volviendo a Chéjov (si hablamos de cuentos, cómo no citarlo constantemente) también nos enseñó aquella lección de que si una pistola aparecía en el primer acto de una obra alguien tendría que dispararla en el segundo o en el tercero. En el cuento que nos ocupa no aparece ningún arma de fuego, pero sí una tartera, que hace de nuevo su aparición estratégicamente al final del relato para conmovernos y condensar en ella todo el espíritu del cuento. Las "armas" que aquí se utilizan son literarias, y esencialmente consisten en una prosa clara y sensorial, que fluye con naturalidad sin desdeñar su capacidad poética, y una narradora que consigue, gracias a una voz narrativa contundente y cálida, abrirnos la cápsula del tiempo de sus recuerdos.

Un maestro de la precisión literaria como Josep Pla nos iluminó con aquella máxima inolvidable de que *"es mucho más difícil describir que opinar. Infinitamente más. En vista de lo cual todo el mundo opina"*. En *Fotografías* no se opina ni se juzga el tiempo pasado con los ojos críticos del presente, pero en cambio se describe con una gran precisión literaria.

Como decía un personaje de la película *Reservoir Dogs*: *"Los detalles son los que venden la historia"*. Y la historia de *Fotografías* está escrita con mucha atención y cuidado por el detalle. Esa suma de detalles funcionan como las teselas de un mosaico o como la trama de un tapiz que representa de forma vivísima a una familia en una época ya pasada. Y lo consigue sorteando en todo momento el pecado mortal de la solemnidad literaria, pues la autora también sabe jugar con el sentido del humor y la ironía. Elementos que no restan emoción al relato sino que nos lo presentan de forma aún más vibrante, auténtica y cercana.

Lo que nos cuenta la narradora es la historia de una familia concreta pero, como ocurre con todas las historias bien contadas, lo personal se vuelve universal. Y esa familia ya es nuestra familia, y esas excursiones al campo también son las nuestras, y hasta la tartera *Magefesa* parece que estaba en nuestra cocina, aunque nunca hubiésemos tenido una.

En definitiva, el cuento ganador del *Premio Internacional de Cuentos Max Aub* es un viaje en el tiempo y en el espacio. De la época presente a la de la década de los ochenta del siglo pasado. De la ciudad al campo. Y de la muerte a la vida. Pero es esencialmente un viaje al corazón de la narradora y sus protagonistas, el viaje que al final nos importa y nos incumbe, el viaje en el que siempre nos embarcamos los lectores y las lectoras cuando hablamos de buena literatura.

Y *Fotografías* lo es. Disfruten del viaje.

Ignacio Martínez de Pisón
y Daniel Monedero

FOTOGRAFIAS

A mis cuatro hermanas,
a mi hermano y a mis padres.
A todas aquellas personas que, de niños,
jugaron a carreras de relevos.

Les digo a mis hijos, mientras conduzco, que recientemente veo en las plataformas digitales una tendencia por contar historias que suceden en la década de los ochenta. Con cierto humor y también con una punzada melancólica, les explico a ellos, tecnológicos hasta la médula, que yo, mirándolos a través del retrovisor, vuestra madre, tenía una bicicleta BH como la del protagonista de la película *Live is life*, del director Dani de la Torre, y que yo, insisto, mirando a uno, a otro y a la carretera, vuestra madre, de nuevo, vestía, no como Once en *Stranger things*, pero sí como Nancy Wheeler, tupé cardado incluido. Ver esa película y la serie, cumplir años el mes pasado, alejarnos de la ciudad y adentrarnos en los añorados paisajes de mi niñez... No lo sé, me han removido y remontado al pasado. Quizás, también, tenga que ver el hecho de que mi madre haya muerto.

No veo el coche de ninguna de mis hermanas por lo que deduzco que he llegado al pueblo la primera. Antes de abrir la puerta de la casa y con las manos cargadas de bolsas me detengo y recorro con la mirada en blanco y negro la calle en la que transcurrió mi infancia. Al instante, me vienen a la cabeza las carreras de relevos que hacíamos todos los chavales y a mi hermano Antonio, el mayor, el que tenía la mejor bicicleta de todas, una BH Bicicross, dándonos instrucciones que nos sabíamos de memoria:

—Susi, tú corres, tocas la pared de la señora Flérida y te vuelves echando leches. En cuanto llegues le das el palo a Nena y tú —se vuelve hacia nuestra hermana pequeña cogiéndola de los hombros— lo agarras fuerte y sales pitando, ¿queda claro?

—Sí —le respondemos con firmeza y al unísono Nena y yo.

Últimamente, tengo la angustiosa sensación de haber tocado esa pared hace ya mucho tiempo y haber emprendido el camino de vuelta; que no me quedan muchos metros para alcanzar la meta y que tendré que entregar el testigo en breve. ¡Qué hastío! Mi carrera está a punto de acabar. ¡Qué metáfora tan mala!

Me pesa demasiado el alma y mucho las bolsas que aún llevo entre las manos. Entro en la casa, sin mirar hacia la izquierda, como siempre, sin mirar la foto que hay expuesta en el recibidor. La tristeza, que aguardaba agazapada en la oscuridad, se me sube a los hombros y me da la bienvenida, mientras rechina sus dientes afilados cerca de mi oreja y me llama por mi nombre.

Mi madre ha muerto, me repito, y por eso he vuelto a su casa, la que antes fue de mis abuelos y ahora es mía y de mis cuatro hermanas y no sabemos qué diablos vamos a hacer con ella. Ya no es como la recuerdo. En la cocina hay un lavavajilla, un microondas y ya no hacen falta los transformadores de 125 vatios. La escalera que va hacia la primera planta se rebajó para que sus peldaños no fueran tan altos o, mejor dicho, para que tuvieran la misma altura. Las baldosas de los dormitorios se remplazaron por tarima de madera porque ¡ay de aquel que se levantara en pleno invierno y plantara un pie desnudo contra el suelo!

Abro las ventanas, dejo que entre la luz a raudales y después de trajinar un rato, me encanta ese verbo: trajinar, trajinar, trajinar, lo decía mucho mi madre, andar de aquí para allá haciendo labores de la casa, salgo a la calle para ir a la tienda y comprar el pan y algunas cosas de limpieza que faltan, pero no caí en la cuenta de que mi madre ha muerto y estoy en un pueblo. Me paran cada dos metros para darme el pésame. La mayoría son gente mayor que conozco de toda la vida, sin embargo, no soy capaz de saber quiénes son los adolescentes que deambulan por la plaza y, mientras los miro y escruto, temo convertirme en la tarada que pregunta eso de:

—Y tú, ¿de quién eres?

O, peor aún:

—¿Eres de la familia de "los pajareros"? (por decir uno de los muchos motes familiares) —y continuar con—: *No-me-digas-más-nada, clavadito-clavadito-a-tu-abuelo-José-Antonio-por-parte-de-madre, que-en-paz-descanse.*

Por aquí, estas cosas se dicen así, de seguido, sin respirar y apretando bien fuerte el brazo del otro para darle mayor veracidad al argumento.

Mi madre ha muerto y ya no hay moscas, porque apenas hay vacas, ovejas o cerdos; las calles se asfaltaron y en muchas casas se solaron los huertos traseros para construir piscinas con su cloro y su limpiafondos. Ya no ves ancianas con el pañuelo en la cabeza portando una lechera, ni niños dando patadas a los guijarros y con brechas en la frente de una pedrada. En eso, casi mejor. La tahona se cerró y ahora hay una panadería que vende pan de espelta que controla, según dice la que despacha, la diabetes tipo 2. Hay cuatro casas rurales y cuando eso pasa, es que el lugar ha dejado de serlo. Lo de ser rural, digo.

Al salir de la panadería, una señora de edad indefinida o infinita me agarra del brazo con fuerza:

—Ya siento lo de tu madre, hija, pero la pobre nunca levantó cabeza desde lo de aquello. Qué pena más grande. ¿Y venís para muchos días o solo para el entierro? —pregunta y sin esperar respuesta, sale disparada calle abajo—. Te dejo que ando con prisas, niña. *¡Anda-que-no!-Como-pa-negar-que-eres-nieta-de-la-Vicenta. Clavá-clavá-clavá.*

Mi madre ha muerto y después de comer, toca dormir. La siesta es sagrada, de esas costumbres que no cambian, así que aquí estoy, tumbada en la cama que fue de mis padres. A la derecha hay un portón que en verano siempre se deja abierto y que da a los huertos que todavía perviven. Corre un aire ligero que no pesa y mueve la tela de gasa blanca que hace de cortina. Recuerdo a mamá, agachada, cosiendo el dobladillo, mientras se secaba las lágrimas silenciosas con un pañuelo muy arrugado que siempre guardaba en el pecho o en la manga y se encomendaba a alguna Virgen. Ella es, ella *era* mucho de la Virgen de la Vega.

Cierro los ojos y oigo el crujir de las casas viejas y desvencijadas, de las vigas de castaño que soportan los entramados y de las ramas que algún gato pisa. Las chicharras y los grillos estridulan y se unen a los suspiros de un anciano que, unas casas más allá, le imagino tumbado en su alcoba sin poder echar su cabezada, recordando Dios sabe qué o a quién. Un bebé llora, pero lo hace de una forma cansina, como cuando los críos se mueren de sueño, pero se resisten a quedarse dormidos y mientras, la voz de una mujer, quizás su madre, quizás su abuela, tararea la misma canción que la mía solía cantar cuando hacía punto.

Ya la recuerdo mucho así, haciendo punto, con unas agujas de metal muy finas y que colocaba a ambos costados de su cuerpo bien asidas con los brazos. Yo, sentada a su lado, iba soltando la madeja de lana, despacio, hipnotizada por el movimiento preciso y acompasado de las agujas y el chasquido que hacían sus puntas al chocar siempre de dos en dos: *clin-clin, clin-clin, clin-clin*.

Después de aquello, nunca más volvió a cantar. ¡Qué pena más grande! como me ha dicho esta mañana aquella mujer cuyo nombre no recuerdo, ¡qué pena más grande!

Mi madre ha muerto y las aves alzan sus gorjeos en algún palomar cercano. La higuera que hay tras el portón tiene las hojas tan grandes que proyecta sombras esmeraldas. Sus higos son tan gordos y tan maduros que, debido al peso, muchos se desprenden como suicidas y acaban destripados contra la tierra seca y agrietada. Respiro hondo porque el olor de la higuera es mi olor favorito, el olor que siempre quiero y quisiera recordar.

Aquí, tumbada en la cama, siento que el silencio es tal que oigo hasta las patas de los insectos al caminar y a algún que otro roedor agazapado entre la hojarasca podrida del suelo. También escucho el zumbido de un abejorro que busca la salida entre las hojas anchas y verdosas de mi amada higuera. El calor agotado de finales del verano se mezcla con la brisa de la tarde y me tapo hasta la cintura con la sábana que un día bordó mi abuela. Con el dedo anular recorro la inicial gótica de su nombre entrelazado a la inicial de mi abuelo. Me voy quedando dormida y no quiero hacerlo, porque deseo que este momento dure infinito. Quiero este duermevela, en el que todos siguen vivos y yo sigo teniendo nueve años. El último verano en el que fuimos una familia al completo, antes de que la vida, como una maldición, sesgara las de los nuestros y nos dejara rotos para siempre.

¡Qué pena más grande!

Los días largos y calurosos de ese último verano se entremezclaban y daba igual si era martes, jueves o sábado. Sin embargo, el domingo era un día importante. Importante porque a las once menos cuarto repicaban las campanas y te vestías rápido con el atuendo de los domingos, el vestido bonito, el que no te ponías para ir al colegio o jugar en la calle; el que se volvía a guardar para el próximo día festivo y el que heredaba tu hermana pequeña al año siguiente. Yo me sentaba en la segunda fila de la iglesia, la primera era para las ancianas que cantaban los salmos en un tono que encerraba mucha pena y sobre todo resignación. ¡Cuánto envidiaba a las chicas mayores que ya habían hecho la comunión y podían tomar, suenen las trompetas, la hostia consagrada, a saber, el cuerpo de Cristo!

Adoraba los domingos porque era el día familiar por excelencia. Ahora, sin embargo, cuando va declinando la tarde, los domingos se me antojan deprimentes. Tras la misa íbamos al río Alagón. Las mujeres, mi madre y mis tías, se habían levantado al alba para hacer todos los preparativos. La carne para asar en las neveras y el bote de cristal con el aliño: ajo, perejil, aceite y un chorrito de vino; la ensalada campera que solo les gustaba a los mayores, la chacina, el pan, las bebidas bien frescas: vino, cerveza, un par de botellas de naranja Molina y agua congelada. La tartera de aluminio, fiambreras, tenedores, cuchillos, servilletas de tela, manteles, jarapas, vasos de plásticos de diferentes formas y diseños y, por último, varias tortillas de patatas recién hechas, con cebolla para los mayores y sin cebolla para los niños. Esa era la única concesión que hacían por los pequeños.

En cuanto han llegado mis hermanas, como un buen equipo compenetrado donde cada uno de los integrantes sabe a la perfección cuál es su rol, nos hemos dirigido a la cocina y allí hemos comenzado a limpiar, a guardar y a tirar cosas. A la pila de los noes, ha ido a parar la tartera Magefesa. Era de aluminio, de colores metalizados y contenía en su interior una decena de platos, todos ellos abollados. A mí me gustaba el amarillo porque me recordaba a la Navidad, que se me hacía tan lejana en pleno mes de agosto. Cuando mi hermana mayor la ha sacado del fondo de uno de los armarios y la ha rodeado con sus brazos ignorando la capa mugrienta de polvo que tenía encima, el resto nos hemos detenido en seco. Han sido unos segundos, pero estoy segura de que cada una de nosotras recordó cuál era su plato favorito sin necesidad de abrir los dos pestillos de la tartera. A punto hemos estado de que alguna se la quedase, que la reclamara para sí, que la hiciera suya y la diese al fin un merecido lugar en una bonita cocina de ciudad.

Un segundo, dos segundos y una boca que se abre, pero se contiene.

«Si es que mi cocina es muy pequeña» piensa una de mis hermanas.

Tres segundos.

«Si es que, ¿y dónde la metes? Un trasto más» recapacita la otra.

Cuatro segundos.

«Si es que no la voy a utilizar».

Cinco segundos.

«Si es que, si es que…».

—¡Espera! —digo yo, y todas me miran, como quién mira al soldado que se presta voluntario para una misión suicida.

—Nada —titubeo al final.

Demasiados «*siesques*». Y la tartera va a la pila de los noes.

Si la Magefesa hubiese tenido ojos, ni mis hermanas ni yo hubiéramos sido capaces de sostenerle la mirada.

Nos distribuíamos en los coches, ¡en cualquiera!, con tal de no montarte en el de tu padre. Las madres no conducían, al menos las nuestras.

Nos sentábamos atrás sin ajustarnos el cinturón, básicamente porque no existían aún. Al llegar, las mujeres organizaban el sitio, extendían las jarapas y distribuían las bolsas y neveras atendiendo a un criterio que nunca llegué a entender. El resto nos lanzábamos al río sin comprobar lo fría que estaba el agua. Quizás fuera ese el momento más genial de todos.

Mi tío Enrique, el soltero, nos subía a sus hombros, nos agarraba de los tobillos y nos lanzaba lo más lejos posible; así, uno a uno durante varias rondas. Siempre acababa con el cuello arañado. Cuando intentaba salir del río, nos agarrábamos a sus piernas cual garrapatas, y él, sin contemplaciones, nos arreaba colleja tras colleja para zafarse, a la vez que mascullaba:

—¡*Cagüen* los lechones! Cada año pesan más.

Ya en la orilla, soltaba varios escupitajos al río (sí, apenas a unos metros de donde estábamos bañándonos el resto), se escurría el agua del cuerpo con las manos y se ponía la camisa sin abotonar; del bolsillo de la pechera sacaba un Celta sin boquilla que colocaba entre los labios y nos miraba divertido, disfrutando del sol y de las caladas lentas del pitillo. Ese mismo año se fue a trabajar a los Altos Hornos de Vizcaya. Cuando volvió, lo hizo con Jaqueline, una mujer muy rubia y con un escote tan tremendo que le valió de inmediato la antipatía de las mujeres y las miradas sibilinas de los hombres. Recuerdo una tarde en la que mi madre me obligó a devolverle un pintauñas que me había regalado. Por lo visto, maquillarse demasiado, alisarse el pelo o llevar tacones muy altos no era, me dijo mamá, rebuscando la palabra concreta entre su limitado vocabulario, *apropiado*, no era apropiado. Pintarse las uñas de rojo, tampoco, y aunque ya sabía la respuesta, pregunté una vez más porqué tenía que devolverle el pintauñas y ella me respondió la frase que yo más odiaba en el mundo:

—Porque lo digo yo y punto.

Esa era y aún sigue siendo una oración irrebatible. La frase que fija el fin de cualquier discusión.

A nadie de la familia les gustaba Jaqueline y, menos, cuando se corrió el rumor de que había hecho *la calle* en el Casco Viejo de Bilbao. Al poco tiempo, mi tío Enrique desarrolló la ELA que le postró sin remedio en una cama. Mi tío Enrique, aquel gigante despreocupado que fumaba su celta a la orilla del río, el que nos lanzaba al agua, no sin antes haber tocado el cielo, languideció poco a poco haciéndose chiquito. La rubia *poco apropiada* le cuidó con tesón y mimo durante los siguientes doce años y entonces, solo entonces, obtuvo el perdón de todos. Cuando mi tío murió, la mujer regresó a Bilbao y nunca más supimos de ella. Aún ahora, cuando me pinto las uñas (de rojo), pienso en Jaqueline.

Mi tío Juan, en la orilla, hinchaba un neumático con un inflador de pie, de esos que había en los talleres. Uno, y lo lanzaba al agua, otro, y lo mismo, así hasta tener tres o cuatro flotando como planetas en el cielo. Sin embargo, los mayores los acaparaban para tomar el sol, tumbados sobre ellos como reyes. Nosotros, los pequeños, hartos de su egoísmo, trazábamos un plan sin fisuras que consistía básicamente en bucear, empujar el flotador con todas nuestras fuerzas, volcarlo y huir. Ya en tierra firme, a salvo, burlarnos. Si algún primo mayor hacía el amago de tomar represalias, corríamos en *sprint* hasta donde estaban las madres:

—El primo Félix nos quiere pegar.

—Féliiiiiiix —le gritaba mi tía Aurora— deja en paz a los muchachos que son más pequeños que tú, por Dios. ¿No te da vergüenza?

En el breve paréntesis que transcurría entre la comida y la merienda, las mujeres se sentaban en corro, bebían Marie Brizard y charlaban a sus anchas. Mientras, los hombres iban al bar a tomar el café y la copa; luego, jugaban al Mus o al Tute en parejas. Todos los primos les seguíamos para que nos comprasen un helado. A Carlitos se le caía en cuanto abría el envoltorio, no fallaba, y los demás nos reíamos de él. El pobre, viendo su polo derretirse en el suelo, lloraba tanto que se le salían los mocos por la nariz y su padre, mi tío Chema, le arreaba un pescozón en la cabeza.

—Esto es por llorar.

Mi padre me dejaba que le sujetara sus cartas durante la partida y yo las iba ordenando de menor a mayor.

—Tira esa —me decía—, ahora esta otra, ¿ves, Susi? Hemos ganado porque ellos llevan tres triunfos y nosotros cuatro.

Nunca entendí qué era un triunfo, pero mi padre, en ese momento, era el mejor del mundo. Carlitos nos miraba embobado.

—¿Qué miras? —le preguntaba yo, acaparando a mi padre para mi sola—. ¿Tengo monos en la cara?

Y luego pasaba lo de siempre: los gemelos se peleaban, mi prima Inés tiraba una de las copas de Soberano, Manu manchaba las cartas con su polo goteando, y al final, nos mandaban desfilar del bar (así es como lo decían cuando querían que nos fuéramos):

—¡Venga *tó* la tropa! ¡A desfilar!

—Molestad a vuestras madres, *joeer*.

—¿No queríais río? Pues bajad al río, *¡cagüentó!*

Antes de irnos, mi padre le daba a escondidas a mi primo Félix media cajetilla de tabaco Rex y mi tío Basilio movía la cabeza.

—Cuñado, que luego se me envicia y son solo catorce años los que tiene.

—¡Todo un hombre ya!

—A su edad estábamos trabajando—zanjaba mi tío Chema—. ¡Las veinte en bastos! Haber ido a por ellas, que no os enteráis con tanto palique.

Cuando los padres volvían del bar, con la cara morada y los ojos achispados, se sentaban un ratito con las mujeres y ese era uno de los pocos momentos en el que veía a mi padre besar a mi madre y hacerle carantoñas y arrumacos y, también, contar chistes verdes que nosotros no acabábamos de entender del todo, pero seguro que hoy se considerarían ofensivos, poco inclusivos y muy, pero que muy machistas.

Después, los hombres tiraban unas jarapas junto a la vereda del río y echaban la siesta. Solo cuando roncaban, nos acercábamos y les pasábamos una pajita por la nariz o por las piernas. Nos partíamos de risa cuando se daban manotazos a diestro y siniestro para aliviar el picor. Luego, cuando el ronquido era atronador, pasábamos a un nivel superior y hacíamos carreras saltándolos por encima.

Cansada, tras las carreras "de obstáculos", me acercaba donde estaban sentadas las mujeres y me acurrucaba entre los pechos y vientre de mi madre que me parecían todo uno, caliente y acogedor, y me iba quedando dormida.

—Mami, ¿a qué huele tan bien?

—A los árboles.

—¿Qué árboles?

—Las higueras.

—Me gustan. Me gustan mucho.

—Shhhh, duerme un rato, anda.

Lo hacía, y me despertaba escuchando a mis tías y a mi madre hablar en voz baja; mi hermana Nena dormía pegada a mí, me sudaba el cuello y la nuca, mi madre nos sostenía abrazadas a las dos. Los gemelos dormían en el centro de la jarapa, un mantel les tapaba las piernas; las moscas estaban muy pesadas. Mi tía Aurora, acariciaba la cabeza de Inés que siempre dormía con los ojos entreabiertos; daba un poco de miedo. Mi tía Casandra le limpiaba a Carlitos los mocos secos de la cara con la esquina de una servilleta mojada en saliva, mientras decía «ay, mi chico». El grupo de los mayores, mi hermano Antonio, mis primos y mis tres hermanas, estaba alejado y con cara de pocos amigos, querían volverse ya. Antonio, que estaba apuntado en la autoescuela, pero sabía conducir desde los catorce, le insistía a nuestro padre para que le dejara el coche, pero este se mantenía firme en su negativa.

—¡No, no y no! ¿Y si te pilla la Guardia Civil? Hasta que no tengas el carné, no hay coche.

Cuando la sombra como un manto iba cubriéndolo todo, las madres comenzaban a preparar la merienda-cena y solo entonces sabíamos que nos quedaba el último baño del día. Los que aún dormían se despertaban de golpe ¡blup!, y todos los pequeños: los gemelos, Inés, Carlitos, Manu, mi hermana Nena y yo salíamos disparados hacia el río. Carlitos siempre llegaba el último. A veces se caía y rodaba por el suelo, aunque no hubiera inclinación. Se manchaba de tierra, se rompía los pantalones, o el bañador, o la camiseta y se raspaba las rodillas, los codos o los tobillos. Siempre tenía costras por todos los lados. Mi tía Casandra salía corriendo para levantarle, quitarle el polvo de la ropa, del pelo y las palmas de la mano y curarle los raspones, pero a veces mi tío Chema, bufando, le ordenaba que no, que no fuera, que Carlitos ya era mayor para levantarse solo, que tenía que espabilar y que, si seguía protegiéndolo, siempre sería *una nenaza* y nunca un hombre de verdad, un hombre hecho y derecho. Todo eso decía, pero además añadía muchas palabrotas como *la hostia, hasta los cojones, maricón* y *amariconado*. Mi tía se quedaba quieta entonces, cabizbaja, agarrándose la cruz que llevaba colgada al cuello tan fuerte que en alguna ocasión le sangró la palma de la mano.

Ya de noche nos montábamos en los coches, cada uno en el suyo, y volvíamos al pueblo en silencio, entre derrotados, cansados y felices. Mi madre apoyaba su mano en la nuca de mi padre y le decía bajito, qué día más bueno. La mayoría de los pequeños llegábamos dormidos y del coche nos trasladaban directos a la cama con el bañador aún puesto y los pies sucios como los de los pordioseros, como decía mi madre.

Hoy, por mi profesión, pienso en las muchas palabras que ellos usaban, y nosotros entendíamos perfectamente pero que ahora, cuando las analizo, me maravillan. Pordiosero (derivada): por+dios (raíz)+ero (sufijo que indica oficio, ocupación, profesión o cargo: como aquel que pedía limosna, por Dios). Limosna. Otra palabra en desuso.

Poco a poco, el verano llegaba a su fin y todos volvíamos a nuestros pisos pequeños en nuestras grandes ciudades, anhelando que la familia, y se nos llenaba la boca al decirlo, *la familia* volviera a reunirse de nuevo, porque así, juntos, éramos grandes; así, juntos, éramos auténticos; así, juntos, éramos un todo. Nuestro todo.

A mediados de diciembre, casi en Navidad, volvimos a reunirnos en Ferrol con motivo de la Jura de Bandera de mi hermano Antonio. Era raro vernos vestidos de invierno, con los abrigos gruesos, las bufandas enrolladas y los gorros calados hasta las orejas. Antonio estaba guapísimo vestido de cadete. Era el más guapo de todos los que desfilaban, y no era porque fuese mi hermano, lo decía todo el mundo. Era guapo-guapo, un guapo-malote, un guapo con aires de canalla como se dice ahora (ya en exceso), y que tenía a todas las chicas del pueblo y del barrio rotitas de amor. Era raro el día que no me preguntaban por él.

—Susi, tu hermano ¿está en casa?

—Susi, ¿sabes cuándo le dan un permiso?

—Susi, dale esta *notita*, anda *porfi*.

En cuanto me la entregaban, salían corriendo entre risitas. Yo le daba la *notita* a mi hermano y cuando él acababa de leerla, la arrugaba haciendo una pelota y me la tiraba a la frente.

Un domingo cualquiera estábamos a punto de comer. Mi madre trajinaba en la cocina con mis hermanas mayores, sonaba el pitorro de la olla exprés y toda la casa olía a cocido. Nena y yo poníamos la mesa y mi padre, repantigado en el sofá, veía un partido de fútbol en la televisión. Entonces, el teléfono sonó y la vida ya no volvió a ser igual para ninguno. Creo que tengo el recuerdo tergiversado, porque juraría que la olla pitó tanto que nos perforó los oídos a todos y lo hizo para siempre.

Antonio acababa de morir en un accidente de coche haciendo maniobras. Al soldado que iba con él, Herminio, un pobre chaval que nunca antes había salido de Murcia, no le pasó nada, salió ileso.

—Fue un accidente tonto —les dijo a mis padres entre balbuceos esa misma noche—, no me di cuenta de que se había desnucado hasta que segundos después de caer en esa maldita zanja, su cabeza se apoyó sobre mi hombro. Pensé que estaba de broma, como siempre, pero no.

—Pero no, pero no —le imitaba mi madre, mientras chillaba, se arrancaba mechones enteros de la cabeza y pareciera que los ojos se le iban a salir de las cuencas—. ¡Pero no!

Mamá, al darse cuenta de que ya apenas le quedaba pelo del que tirarse, comenzó a llorar. Al principio prorrumpía en alaridos, llenos de congoja y resentimiento, pero en el transcurso de los días ese llanto se fue apagando como ella. Se quedó en la cama durante días y después de muchos, despacio, casi arrastrándose, volvió a encargarse de la casa, de los recados y quehaceres, del resto de sus hijos y de su marido, pero en las pocas ocasiones que nos dejó acercarnos a ella, tocarla, darle un beso o un abrazo pudimos notar con infinita extrañeza que, detrás de sus pocas y flácidas carnes, pues adelgazó muchísimo, no había nada, tan solo huesos, y así como cuando se movía no se escuchaban sus pasos, tampoco sus huellas quedaban marcadas; nada, ni siquiera los latidos de su corazón, tan solo el vacío de un cuerpo deshabitado. Jamás volvió a mencionar el nombre de Herminio y, sin embargo, hasta el último día de su vida, era a él al que le dedicaba el primer pensamiento apenas amanecía y mamá abría los ojos:

—¡Tenías que haber sido tú, maldito, y no mi hijo! ¡Pero no! ¡Pero no!

Cuando mi madre, que ya había enviudado, se fue a vivir al pueblo, tan solo se llevó una maleta que contenía su ropa y una veintena de fotografías enmarcadas de mi hermano. Las distribuyó por toda la casa nada más entrar por la puerta, sin quitarse el abrigo siquiera. La más grande, una foto solo de su cara, se la tomaron en la Jura de Bandera unos días antes de morir. Esa la colocó, besándola antes una y mil veces, en el recibidor, para que todo aquel que entrara por la puerta fuese lo primero que viera.

—Mi único hijo —decía entre lamentos huecos, mientras arrullaba algún jersey o camisa de mi hermano y razón no le faltaba pues él era el único varón.

Ni un año había pasado desde la muerte de Antonio, cuando mi primo Carlitos se asomó por la ventana de su colegio y se precipitó al vacío desde un tercer piso. El angelito, como pasaron a llamarle mis tías y mi madre, murió al instante. Yo, en esa época, aún pensaba que los niños no morían. Nunca se esclareció el motivo de su muerte. Algunos niños dijeron que fue un compañero quién lo empujó, pero enseguida se sucedieron otras versiones y ya no era un niño sino varios, y ya no eran de su clase sino chavales mayores de otros cursos y, por último, la más extraña de todas, la que decía que mi primo se subió a una silla, luego al cerco de la ventana y, sin dudarlo ni un segundo, sencillamente saltó. Cuando los ojos de los más críticos apuntaron al centro escolar y preguntaron que dónde estaban los profesores cuándo pasó, el director declaró que la muerte de Carlitos había sido un accidente, un triste y doloroso accidente, y que era mejor para todos, y en especial para el alumnado, pasar página cuanto antes. Todos estuvieron de acuerdo menos mi tía, que siempre sostuvo la última versión, aunque nunca se lo diría a nadie, ni siquiera a su marido, al que jamás volvió a dirigirle la palabra. Pero esto no duró mucho porque a los diez meses mi tía Casandra murió de cirrosis sin que nadie supiera que bebía, desde la muerte de su hijo, una botella de anís Marie Brizard a diario.

Nunca más fuimos una familia como aquella que iba al río los domingos. Nos convertimos en otra exánime, llena de fisuras y cicatrices; una familia que nadaba en un río de agua estancada.

Después del entierro de mi madre, mis hermanas y yo fuimos abandonando la casa. Yo ya estaba casi lista, pero olvidaba algo, algo importante. ¿Qué era? ¡Qué rabia! Me pasa a menudo, llegar al sitio donde debía encontrarlo y ¡zas! no recordar qué es lo que buscaba. Mientras hago esfuerzos por recordar, escucho a mis hijos murmurar frente al recibidor.

—Da grima... —dice mi hijo pequeño, señalando la foto de mi hermano Antonio.

El mayor está de acuerdo por el gesto torcido que veo en su cara. Estoy a punto de llamarles la atención, de ordenarles silencio o que hablen en voz baja, pero me contengo. Mi madre ha muerto y con ella su órbita de dolor, la que nos contagiaba a todos y provocaba que en su presencia se hablara menos, se comiera menos, se discutiera menos y, por supuesto, se riera menos. Esto me provoca una especie de liberación. ¡No sé! Algo está cambiando.

La foto de mi hermano, tan descolorida y antigua, efectivamente da grima y mira que era guapo-guapo, como si al decirlo dos veces se reforzara lo guapo que era. Estoy segura de que he cerrado el portón de la alcoba y, sin embargo, huele a las higueras del huerto. Mis hijos no lo notan, no distinguen ese olor como yo. Sujeto el marco de la foto, me atrevo a mirarle a la cara después de muchos años evitándolo y me despido de él, *corre echando leches, Susi,* le oigo decirme, con sus manos en mis hombros. Ya nadie me llama Susi. Guardo su fotografía en uno de los cajones y recoloco y disperso las otras fotos que hay sobre el recibidor para llenar el hueco. Yo sigo con lo mío, ¿Qué era? ¿Qué era lo que buscaba?

Desde el salón, oigo reírse a los chicos. Me aproximo a ellos e intento acomodar mis brazos a sus hombros, pero me cuesta porque ya son bastante más altos que yo, así que les agarro de la cintura y les atraigo hacia mí. Mi hijo mayor sostiene una foto mía con catorce años.

—Pues sí que te pareces a la de *Stranger things*, mamá. ¡Vaya pinta!

—¡Mira el pelo que me lleva, *bro,* y esas cejas *tó anchas*! —le responde el otro, desternillándose.

Cuanto más miran la foto, más se ríen, y yo con ellos, hasta que después de un buen rato la carcajada va remitiendo poco a poco.

—Pues a mí me parece que estoy muy mona —les digo limpiándome el rímel que se me ha corrido con tanta risa.

—Claro, claro… —dice el pequeño, sacando el móvil y haciendo una foto a mi yo de catorce años.

—¡Monísima! —añade el grande— Pásamela por WhatsApp, *bro*.

Ellos continúan riéndose de mí; han localizado más fotos de cuando yo era una adolescente. Les empujo hacia la calle.

—¡A desfilar! —les ordeno todo lo firme que puedo.

Se montan en el coche, se acomodan en los asientos, conectan sus cascos al móvil, recuperan la cobertura y… les acabo de perder, creo que por TikTok. Facebook seguro que no, porque ya me dejaron claro que esa aplicación es de viejos. Palabras textuales.

Antes de cerrar la casa miro la pared de la señora Flérida al fondo de la calle. La pared no está tan cerca. De hecho, me sorprende lo lejos que está. Todavía quedan metros para llegar a la meta. ¡Anda que no queda! Sigo pensando que la metáfora es muy mala, pero a mí me vale.

De repente, me acuerdo de eso que estaba buscando antes. Entro de nuevo a la casa y me dirijo a la pila de los noes. Cuando salgo, abro una de las puertas traseras del coche y les digo por señas a mis hijos que se quiten los cascos y me presten atención unos segundos, mientras les paso una bolsa.

—Colocarla a los pies, o donde haya sitio. ¡Y cuidadito con darle algún golpe, por favor!

—Pero ¿qué es esto? —preguntan extrañados.

—*Eeesooo* —les digo alargando mucho las vocales y fingiendo una voz solemne y pomposa—, eso, queridos míos, es una tartera. Una tartera de Magefesa.

No han entendido nada, pero no vuelven a preguntar; a simple vista, no les interesa y se colocan los cascos de nuevo. Yo arranco el coche y en unos minutos llego al altozano. Me detengo solo unos segundos, desde aquí se ve todo el pueblo en miniatura rodeado de árboles frutales y parras ya maduras. En breve se celebrará la vendimia. Bajo mi ventanilla y aspiro el aroma. Quisiera recordarlo para siempre. Aspiro de nuevo.

De pronto, mi hijo mayor me saca de mis elucubraciones:

—¡Qué bien huele, mamá! ¿De dónde viene ese olor?

Y no sé si le respondo yo, la que está sentada en el coche, o la que está a punto de dormir la siesta entre los brazos calientes y acogedores de mi madre un domingo de río, una tarde cualquiera de agosto, allá por los ochenta.

—De las higueras, hijo, ese olor viene de las higueras.

ACABOSE DE IMPRIMIR

FOTOGRAFÍAS

DE SUSANA GARCÍA NÁJERA

EL DÍA 3 DE JUNIO DE 2024

CXXI ANIVERSARIO DEL NACIMIENTO

DE MAX AUB.